小野人 012

一閃一閃小銀魚 ①
銀魚立大功

[人與我｜猶太家庭給孩子的第一本生命教育啟蒙書]

作　　者　保羅．寇爾（Paul Kor）
譯　　者　羅凡怡
總　編　輯　張瑩瑩
副總編輯　蔡麗真
主　　編　鄭淑慧
責任編輯　黃佩俐
行銷企畫　林麗紅
印　　務　黃禮賢．李孟儒
封面設計　周家瑤
內頁排版　洪素貞（suzan1009@gmail.com）

社　　長　郭重興
發行人兼　曾大福
出版總監
出　　版　野人文化股份有限公司
發　　行　遠足文化事業股份有限公司
　　　　　地址：231 新北市新店區民權路 108-2 號 9 樓
　　　　　電話：(02) 2218-1417　傳真：(02) 8667-1065
　　　　　電子信箱：service@bookrep.com.tw
　　　　　網址：www.bookrep.com.tw
　　　　　郵撥帳號：19504465 遠足文化事業股份有限公司
　　　　　客服專線：0800-221-029

法律顧問　華洋法律事務所　蘇文生律師
印　　製　成陽印刷股份有限公司
初　　版　2018年07月

歡迎團體訂購，另有優惠，請洽業務部 (02) 22181417 分機 1124～1135

著作權　侵害必究

作者簡介
保羅．寇爾
Paul Kor，1926～2001

★以色列頂級童書作家
★以色列貨幣及郵票設計師之父

保羅．寇爾生於法國巴黎的猶太家庭，22 歲移居以色列，是以色列現代紙幣及郵票的第一代設計師。他出版超過 20 本暢銷童書，《小銀魚三部曲》是其中最經典也最暢銷鮮明的作品，不僅一舉商下以色列國家博物館中，也成為每一位猶太兒童 Award，童書插畫獎，收藏於以色列殿堂級「Ben Yitzhak」必讀的「生命教育」啟蒙繪本。可以說，猶太人的啟蒙教育，從《聖經》和「小銀魚」開始！

線上讀者回函專用 QR CODE，您的
寶貴意見，將是我們進步的最大動力。

一閃一閃小銀魚①
小銀魚立大功
保羅．寇爾 ◎ 文圖

一閃一閃小銀魚①

小銀魚立大功

以色列繪本之父
Paul Kor 保羅·寇爾 ——著
羅凡怡 ——譯

野人

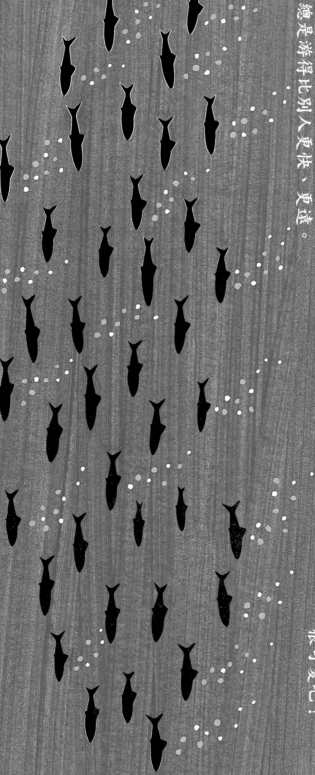

從前從前，
在深藍色的大海裡，
住著一隻名叫「閃閃」的銀色小魚。
閃閃有很多的兄弟姊妹、堂兄弟姊妹和表兄弟姊妹，
他們總是一起行動，
整群看起來就像是一條大魚。

只有閃閃喜歡獨自行動，
總是游得比別人更快、更遠。

閃閃在這裡。
很可愛吧！

他喜歡穿過浪濤，潛入深海，
和所有相遇的魚兒打招呼，
不論是大魚或小魚、
條紋的或圓點的、
海馬或水母，
閃閃都喜歡。

有一天早上，閃閃游得好遠、好遠。

大海好藍、好平靜。

突然間，閃閃停了下來。

他看到一個又大又黑的東西，心想：

「這應該是一座山吧，

不然怎會是什麼呢？」

他小心翼翼的靠近了一點……

再靠近一點……再靠近一點……

那個又大又黑的東西有一隻巨大的眼睛。

大眼睛直直瞪著閃閃，

一顆巨大的淚珠緩緩滑落。

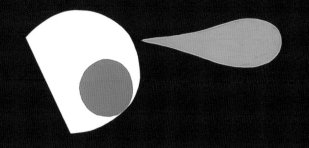

閃閃嚇了一跳。
「這絕對不是一座山！
山沒有眼睛，也不會哭。
可是我的天啊！
這到底是什麼東西呢？」

閃閃鼓起勇氣，
游近那個又大又黑，卻不是山的東西。
在那隻著流著眼淚的大眼睛下面，有一長排條紋，
像是一條條銀白閃亮的緞帶。

緞帶後面傳來轟隆隆的聲音，
聽起來有如百鼓齊鳴。

那個聲音說：
「小魚兒，你是誰？」

閃閃嚇得往後翻了兩圈。
「你在說我嗎？我是一隻小銀魚，
我叫閃閃。那你呢？」

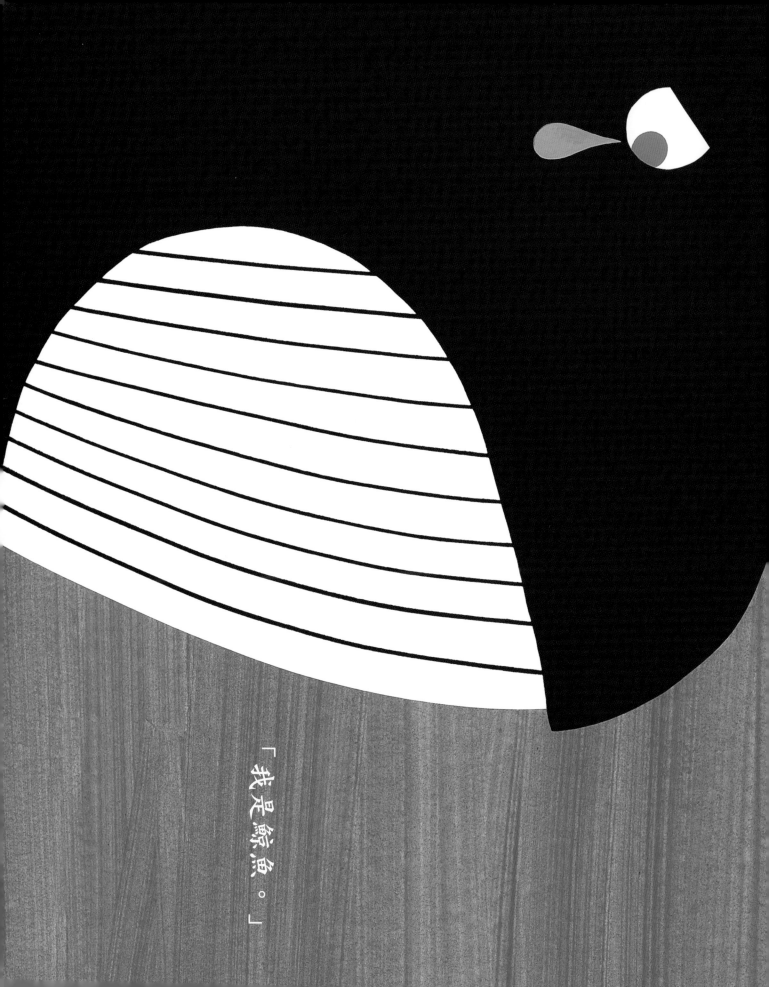

「我是鯨魚。」

「真的嗎？
我從來沒看過鯨魚耶！」
閃閃很驚訝。
「你好大好大，
我只看得到你的幾顆牙齒、
還有一隻大眼睛而已。」

「你當然只能看到這些啊！
因為你靠得太近了。
退後一點再看看吧。」
鯨魚回答。

閃閃轉身開始游，
但是鯨魚實在太大了，
他感覺好像永遠都看不到整隻鯨魚。

「再遠一點！」
鯨魚喊道。

閃閃只好不斷的一直游、一直退，
一直游、一直退……

直到他終於可以看到鯨魚的全身。

「哇！你真的好大！
可是你為什麼哭呢？
我以為只有小寶寶才會這樣。」
閃閃從好遠的地方大叫著。

「嗚，我真的還很小啊。
而且我迷路了，
我找不到我的爸爸媽媽。」

小鯨魚愈哭愈大聲，
眼淚一顆一顆的滑落。
滴、答。
滴、答。

「別哭了啦！」

閃閃一面大喊，一面游回小鯨魚身邊，

這樣就不用吼得那麼用力了。

「我會幫你的。我會幫你找到爸爸媽媽。

來！把眼淚擦乾，不要難過了，好嗎？」

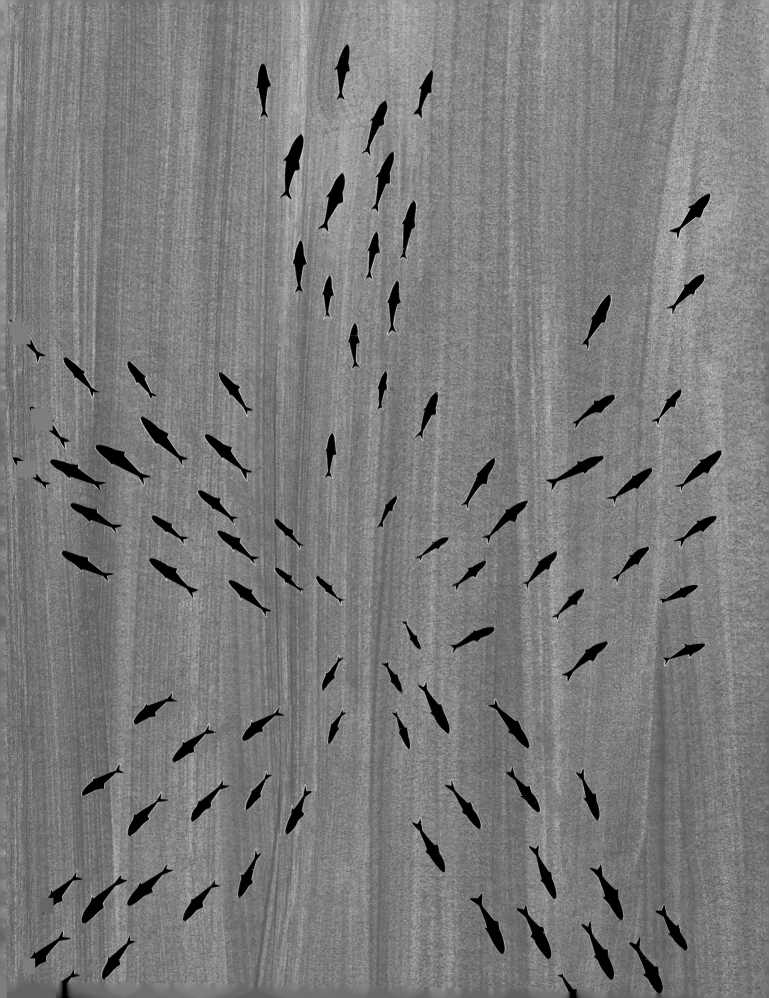

於是，閃閃立刻集結了
所有的兄弟姊妹、堂兄弟姊妹和表兄弟姊妹來幫忙。
為了盡快找到鯨魚爸爸和鯨魚媽媽，
每隻小銀魚都快似銀箭，
衝向四面八方，游入大海。
閃閃特地留下來，陪伴他的新朋友。
「別擔心，我們會幫你找到爸爸媽媽的。
我陪你在這裡等。」

小鯨魚還來不及擦乾眼淚，
小銀魚家族就接二連三的回來了。
跟在他們後面的，是誰？
是鯨魚爸爸和鯨魚媽媽！

他們好大！
超級大！

而且他們笑得超級開心。

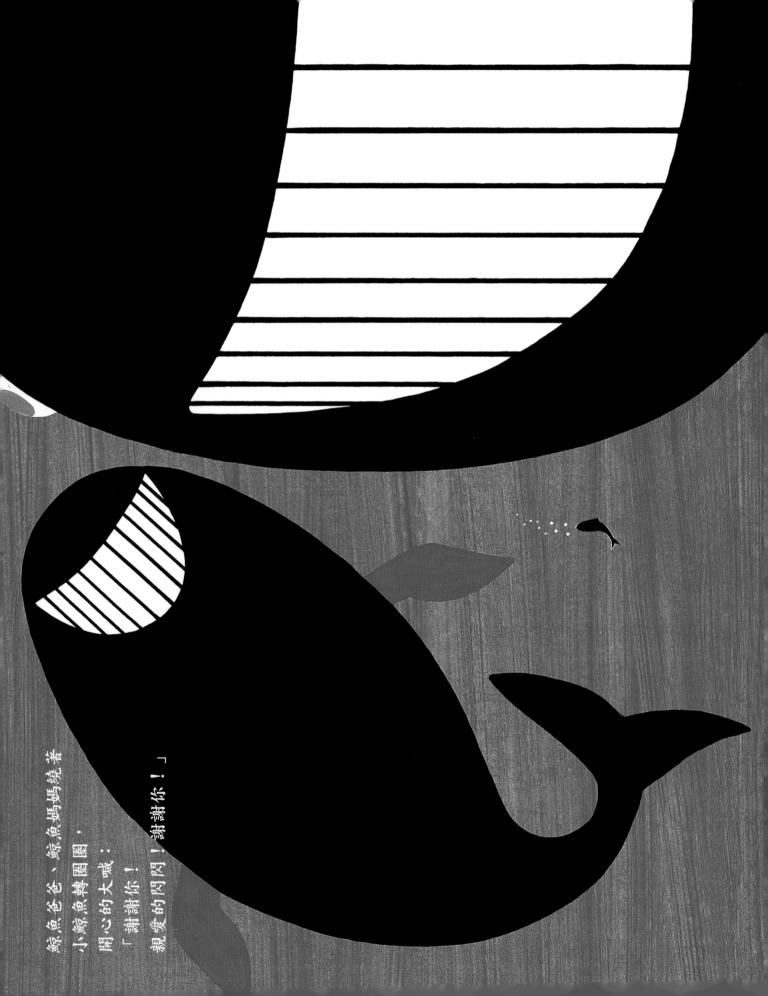

鯨魚爸爸、鯨魚媽媽繞著
小鯨魚轉圈圈，
開心的大喊：
「謝謝你！
親愛的閃閃！謝謝你！」

天黑了，
這一天就要結束，
大家依依不捨，
互道晚安回家去。

從此以後，
閃閃每天都會跑去找小鯨魚，
一起在大海裡玩耍。
他們成為彼此最好的朋友！

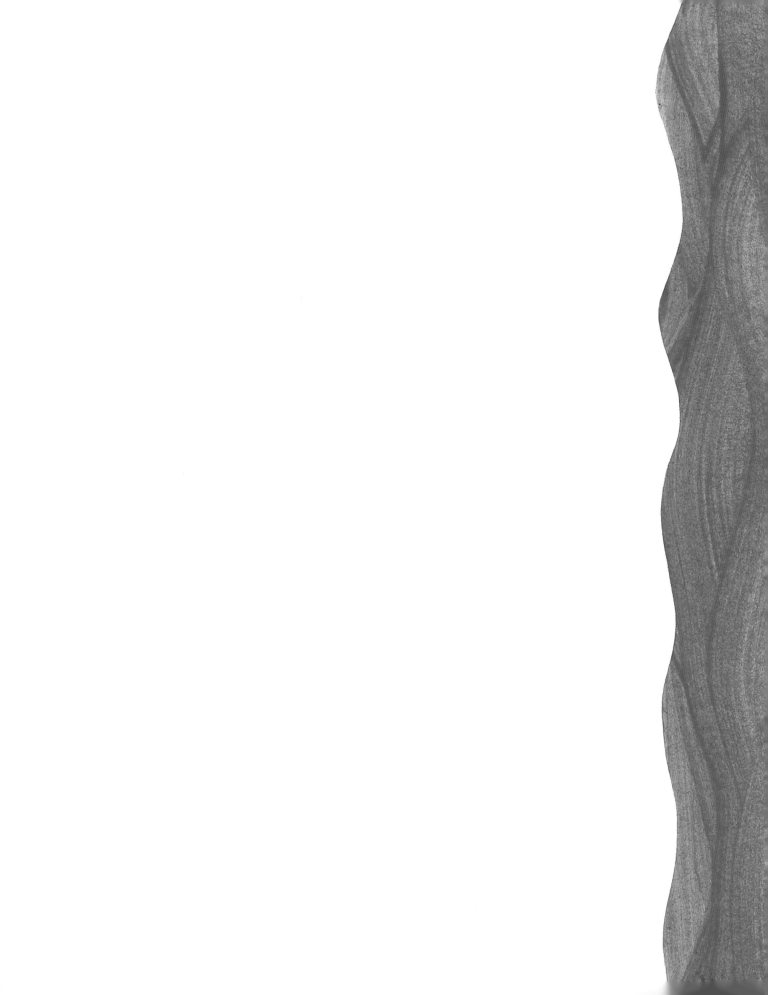